हवलदार बहादुर और चमत्कारी अंडा
चित्रांकन : बेदी
लेखक : विनय प्रभाकर
क सुबह थाने में –
र! आपने मुझे
ाद किया?
हां हवलदार बहादुर! आज से मैं तुम्हारी ड्यूटी सदर रोड पर बने पुलिस बीट बॉक्स पर लगा रहा हूं। सिपाही रामधन भी तुम्हारे साथ रहेगा।
पहली बार अक्लमंदी का काम किया है खड़गसिंह ने। बीट बॉक्स में तो बस आराम ही आराम होगा।
ठीक है जी! ही...ही... ही!
ही... ही... ही करके खुश होने की जरूरत नहीं है। सदर क्षेत्र में खूंखार सिंह नामक एक बदमाश ने उत्पात मचाया हुआ है। तुम्हें उसे काबू करना होगा।
फिकर नॉट सर! माई नेम
ज़ हवलदार बहादुर सिंह।
ोई खूंखार सिंह मेरे सामने
क नहीं सकता। हवालात
में बंद करके सड़ा दूंगा
ाले को।
अच्छा ठीक है। रामधन को लेकर तुरंत बीट बॉक्स पर पहुंच जाओ।
कुछ देर बाद–
तो वह है हमारे लिए बनाया गया बीट बॉक्स!
हां सर! मैंने सुना है हम दोनों की ड्यूटी यहां कम से कम पन्द्रह दिन रहेगी।
POLICE
BEAT BOX

यह तो अच्छी खबर है रामधन! पन्द्रह दिन तक हम उस खुर्राट खड़गसिंह के खड़पच्चे से बचे रहेंगे। जा, तू एक राउंड लगाकर आ-जा। मैं जरा बैठता हूं।
ओ. के. सर!
पान भंडार
भुट्टा खिलाऊं सरकार?
नहीं, भुट्टा अच्छी चीज नहीं होती।
फिर अचानक-
अबे ओय, तू पुलिस बीट बॉक्स के निकट बैठकर भुट्टे क्यों भून रहा है? जानता नहीं, फुटपाथ पर रास्ता रोककर बैठना गैरकानूनी है।
इस क्षेत्र में औ भी तो गैर-कानूनी काम होते हैं साहब! फिर मैं तो कई वर्षों से इसी स्थान पर ठिया लगात आ रहा हूं।
पुलिस से जुबान लड़ाता है। हवालात में बंद करके सड़ा दूंगा साले। चल, उठा अपना टीम-टाम।
क... क्या करते हो साहब?
अबे, मैं बड़ा कड़क हवलदार हूं। अब इस इलाके में कोई गैरकानूनी काम नहीं होगा। एक-एक को देख लूंगा मैं...।
छ... छोड़ दीजिए साहब!

भुट्टे वाले की दुर्गति होते देख छोले वाले ने अपना खोमचा उठाया और दौड़ लिया।
ही...ही...ही! देखा मेरा रोब? कैसे भागा जा रहा है वह?
ठ... ठीक है
साहब! छोड़ दीजिए, मैं भी भाग लेता हूं।
तो जा भाग। और इलाके में सबको बता दियो कि हवलदार बहादुरसिंह की ड्यूटी लगी है यहां। कोई भी फुटपाथ पर दुकान लगाए नजर आ गया तो हवालात में बंद करके सड़ा दूंगा उसे।
अ... अच्छा जी!
इधर हवलदार बहादुर गरीब भुट्टे वाले पर रोब झाड़ रहे थे और उधर बाजार की एक दुकान पर खूंखारसिंह अपना हफ्ता वसूल कर रहा था।
पैसे निकाल बे!
श... शाम को ले लेना खूंखारसिंह जी! अभी तो बोहनी भी नहीं हुई...।
अबे! तेरी बोहनी की तो...।
गंदी गालियां बकते हुए खूंखारसिंह ने दुकानदार की गरदन दबोच ली।
निकाल पैसे...।
य... यह क्या करते हो...?
चुप... अब यह सब मेरे हो गए हैं। एक भी वापस नहीं मिलेगा।
अरे! कोई बचाओ मुझे... पुलिस को फोन करो।

हा...हा...हा!
लुट गया। बरबाद हो गया। हाय!
हवलदार बहादुर के हाथों पिटा हुआ भुट्टे वाला उधर से गुजरा।
क्या हुआ लाला जी?
घसीटा राम एण्ड
खूंखारसिंह लूटकर ले गया भइया। पूरे एक हजार रुपये थे।
घबराओ नहीं लाला। इलाके में एक बहुत कड़क पुलिस हवलदार आया है। बाहर जो लकड़ी का खोखा लगा है न, वहीं बैठा है। उनसे जाकर शिकायत करो।
अच्छा जाता हूं।
हवलदार अपने बूथ में पसरे पड़े थे।
बलमा सिपहिया मोरा, बलमा सिपहिया...।
हवलदार जी! बचाओ। मैं लुट गया। बरबाद हो गया...।
कौन है बे?
क्या है?
POLICE
साहब! खूंखार-सिंह ने लूट लिया हमें। रकम छीनकर ले गया हमारी...।

या? हमारे होते हुए लूट-मार। वटिया खड़ी कर दूंगा खूंखारसिंह की। हवालात में बंद करके सड़ा दूंगा साले को।
तो फिर चलिए हमारे साथ।
चलो, आज उस खूंखारसिंह की सारी चर्बी निकाल दूंगा मैं...।
वह दादा के दारूखाने पर गया होगा साहब। वहीं बैठकर दारू पीता है।
थोड़ी देर बाद—
ओय, यहां खूंखारसिंह कौन है?
यह कोई नया कक्कड़ आया है।
किस... किस... इधर...।
अबे ओए बदतमीज! यह क्या तरीका हुआ बुलाने का? किस-किस का क्या मतलब?
बैठ जाओ हवलदार!
तू खड़ा हो जा पहले। मेरा नाम हवलदार बहादुर है। बदतमीज आदमी को हवालात में बंद करके सड़ा देता हूं मैं।
नए आए हो इस इलाके में?
खटाक
अरे बापरे, रामपुरी चाकू।

बैठ जा नीचे...।
ब... बैठता हूं। ही...ही ही!
अब बोल, क्या कहना है? मेरा ही नाम खूंखारसिंह है। तेरे से पहले जो पुलिसिया था यहां, उसका थोबड़ा बिगाड़ दिया था मैंने।
ही...ही... ही! उसने आपकी शान में गुस्ताखी की होगी जी। मैं तो बस आपके दर्शन करने आया हूं। ही...ही...ही!
कर ले दर्शन। और यह भी कान खोलकर सुन ले, पुलिस का अपुन पर बिल्कुल रोब नहीं चलता। जेल को हम ससुराल समझते हैं और जो हमें एक बार जेल पहुंचाता है, वापस आकर उसकी खोपड़ी तोड़ डालते हैं हम।
बहुत अच्छा करते हो जी! अब मैं चलूं?
फूट जा और कभी हमारे दर्शन करने की इच्छा हो तो चला आइयो यहीं पर।
ठ... ठीक है जी!

ड़ा खूंखार बंदा है। च्छा ही हुआ कि मैंने ंगा नहीं लिया, वरना ामपुरी पार कर देता। चारी चम्पाकली वेधवा हो ाती...।
ही...ही...ही!
हा...हा...हा!
ाहर लाला प्रतीक्षा ें खड़ा था।
ेरी रकम ले आए वलदार जी?
ओय चुप। खबरदार, जो खूंखारसिंह पर झूठा आरोप लगाया। वह तो बड़ा शरीफ बंदा है। चल फूट यहां से।
ठेका देसी शराब
यह हवलदार को क्या हो गया? खूंखारसिंह जैसे बदमाश को शरीफ आदमी बताने लगा?
खूंखारसिंह के सामने कोई हवलदार नहीं टिकता लाला। उसने छुरा दिखाया होगा और हवलदार की पैंट गीली हो गई होगी।
सिपाही रामधन राउंड लगाकर बूथ पर वापस आ चुका था।
आप कहां चले गए थे साहब?
एक बदमाश की खटिया खड़ी करने गया था।

कौन था जी?
कोई खूंखारसिंह था। मैंने चूहासिंह बना दिया साले को। दो हाथ पड़े तो रोने लगा साला। कह रहा था, अब बदमाशी छोड़ देगा।
आपने खूंखारसिंह को दो हाथ मारे। कमाल कर दिया। हमने तो सुना था कि खूंखारसिंह पुलिस वालों को भी धुन डालता है।
वह तेरे जैसे पुलिस वाले होंगे। हमारा नाम हवलदार बहादुर सिंह है। समझ
तभी—
ओय, तू फिर आ गया?
ही... ही... ही!
हड्डियां तोड़ दूंगा साले। बंद कर ही... ही... ही!
जाने दो हवलदारजी! मैं खूंखारसिंह को दस रुपये देकर आया हूं, यहां ठिया लगाने के लिए। अब मेरी रक्षा वही करेगा।

ख...
खूंखारसिंह!
हां। जो उसे हफ्ता देता है, उसे तो कड़क से कड़क पुलिस वाला भी परेशान नहीं कर सकता। मैं तो अब यहीं बैठूंगा। ही... ही... ही!
ओह! तो यह बात है। लगता है, खूंखारसिंह अपने हवलदार साहब को झटका दे चुका है। तभी उसके नाम से ही इनकी घिग्घी बंधी हुई है। इस बात की रिपोर्ट इंस्पेक्टर साहब को देनी होगी।
अच्छा बैठ जा। गरीब आदमी को तो मैं वैसे भी नहीं सताता हूं।
ही... ही... ही!
उधर खूंखारसिंह को उसके चेले ने सूचना दी—
उस्ताद! एक बहुत बड़ी आसामी आज हमारे क्षेत्र में आ रही है।
कैसी आसामी?
हीरों का बहुत बड़ा व्यापारी है उस्ताद! चौक पर धर्मचंद जौहरी की दुकान है न, उसे ही हीरे बेचने आ रहा है। कई लाख के हीरे हैं। मुझे धर्मचंद के एक नौकर ने बताया है।
क... कई लाख...?

अपने-चमचे से हीरों के व्यापारी का पूरा हुलिया पूछने के बाद खूंखारसिंह तैयार हो चौक पर पहुंच गया।
धर्मचंद की दुकान के निकट ही उसकी प्रतीक्षा करूंगा।
उसे अधिक देर प्रतीक्षा नहीं करनी पड़ी थी।
यही है।
DHARAM CHAND JEWELLERS
सड़क के उसी छोर पर काबू कर लेता हूं साले को।
यह पिस्तौल है सेठ! कोई आवाज न निकालना, वरना गोली चल जाएगी।
ओह!
उधर दाईं तरफ एक गली है सेठ! चुपचाप उधर चलो।
म... मगर क्यों?
मेरा नाम खूंखार है सेठ। सवाल पूछने वाले की गरदन तोड़ देता हूं। चुपचाप गली में चल।
आह!

वूंखारसिंह के मामले में कोई भी व्यक्ति
ड़ना नहीं चाहता था, इसलिए कुछ लोग
देखकर भी अनदेखी कर गए।
वूंखारसिंह किसी
ो लूटना चाहता है,
मगर मुझे
क्या?
इस बदमाश
के मामले में नहीं
बोलूं तो ही फायदा
है।
गली बहुत संकरी और सुनसान थी।
लाओ सेठ! अब तुम वह
हीरे निकालो, जो धर्मचंद
को बेचने के लिए
लाए थे।
त... तुम्हारे
पास पिस्तौल
नहीं है।
हा... हा... हा! अबे, तेरे जैसे कागजी
आदमी को काबू करने के लिए तो
खूंखारसिंह का एक हाथ ही बहुत है!
पिस्तौल की धमकी तो इसलिए दी थी
कि तू सड़क पर शोर न मचाए।
ला, अब हीरे निकाल। इसी बक्से
में हैं
क्या?
न...
नहीं
दूंगा...।
तेरा तो बाप भी
देगा...।
ढिशुम
आह!
सेठ की चीख सुनकर गली
के एक मकान की खिड़की
खुली।
कौन है?
क्या हो रहा है
वहां?
ओय चुप।
मुंडी अंदर करके
खिड़की बंद
कर ले।
युवक ने घबराकर
खिड़की बंद कर ली।
खूंखारसिंह है। किसी
गरीब को लूट रहा है।
उधर रोशनदान से
झांककर देखूंगा।
उधर सेठ ने अपनी शक्ति जुटाकर
खूंखार पर हमला कर दिया।
यह ले...
धाड़
आह!

खूंखारसिंह गुस्से से पागल हो गया।
तेरी तो मैं...।
धाड़
आ... ई... ई!
खूंखारसिंह पर उठने वाला हाथ तोड़ दिया जाता है सेठ!
आ... ई... ई!
धाड़
आ... ई... ई...!
खूंखारसिंह ने नीचे गिरे हुए सेठ से ब्रीफकेस छीना तो उसने उसकी टांग पकड़ ली।
न...नहीं जाने दूंगा।
अबे छोड़।
उसने एक ठोकर मारी-
ठाक
आह!
मगर सेठ ने उसकी टांग नहीं छोड़ी।

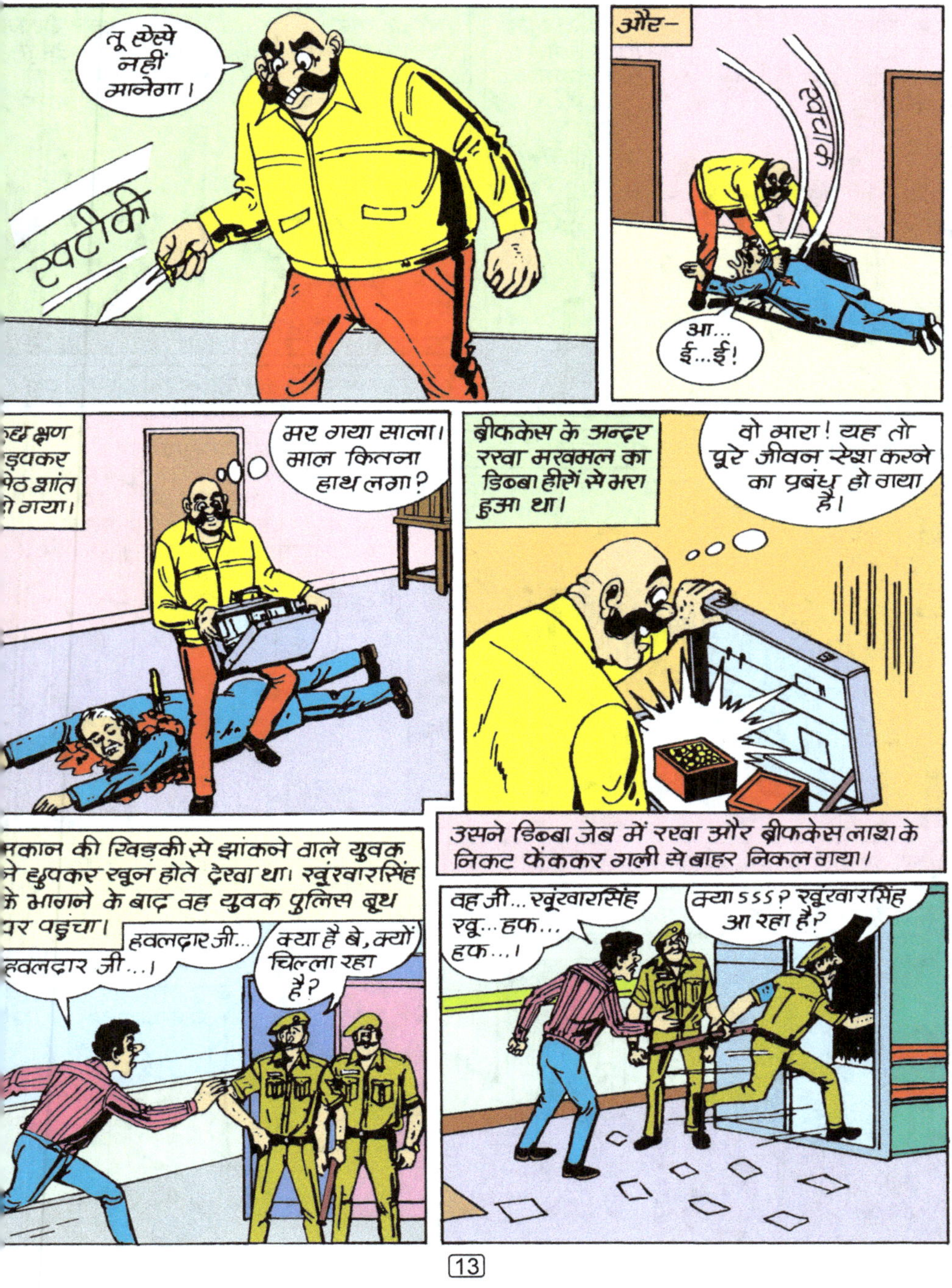
तू ऐसे नहीं मानेगा।
खटीकी
और–
खटाक
आ... ई...ई!
छ क्षण ड़पकर पेठ शांत ो गया।
मर गया साला। माल कितना हाथ लगा?
ब्रीफकेस के अन्दर रखा मखमल का डिब्बा हीरों से भरा हुआ था।
वो मारा! यह तो पूरे जीवन ऐश करने का प्रबंध हो गया है।
उसने डिब्बा जेब में रखा और ब्रीफकेस लाश के निकट फेंककर गली से बाहर निकल गया।
मकान की खिड़की से झांकने वाले युवक ने छुपकर खून होते देखा था। खूंखारसिंह के भागने के बाद वह युवक पुलिस बूथ पर पहुंचा।
हवलदार जी... हवलदार जी...।
क्या है बे, क्यों चिल्ला रहा है?
वह जी... खूंखारसिंह खू... हफ... हफ...।
क्याऽऽऽ? खूंखारसिंह आ रहा है?

आ नहीं रहा जी! खून करके भाग गया। वहां गली में...।
खून?
अरे बाप रे! खून कर दिया उसने। बड़ा खतरनाक बंदा है...।
हमें चलकर देखना चाहिए साहब!
आं... हां-हां, जरूर देखना चाहिए। तुम जाकर देखो, मैं इंस्पेक्टर साहब को फोन करके आता हूं।
सूचना मिलते ही खड़गसिंह घटनास्थल पर पहुंच गया।
हवलदार! तुम यहां मौजूद थे, फिर भी एक बदमाश दिन दहाड़े खून करके भाग गया?
म... मेरे सामने खून नहीं हुआ साहब!
पूछताछ से पता चला कि मरने वाले के पास पांच लाख के हीरे थे।
सब-इंस्पेक्टर मादान! पुलिस वायरलेस पर खूंखारसिंह का हुलिया प्रसारित कर दो। शहर से बाहर जाने वाले सभी रास्तों पर निगाह रखी जाए। खूंखारसिंह शहर से बाहर नहीं जाना चाहिए।
यस सर!
लाश उठवाने के बाद खड़गसिंह ने क्षेत्र की उन सभी जगहों पर खूंखारसिंह की तलाश आरम्भ की, जहां वह अक्सर देखा जाता था। सबसे पहले दादा के दारूखाने पर पुलिस ने धावा बोला।
खूंखारसिंह कहां है?
यहां तो नहीं है साहब!
अबे ओय, सच-सच बता दे। सुबह को खूंखारसिंह यहीं था?
हां जी, था। मगर आपको डराकर भगाने के बाद वह यहां से चला गया था।

क्या बकता है बे?
खूंखारसिंह ने हवलदार को डराकर भगा दिया था क्या?
हां साहब! उसका रामपुरी चाकू देखते ही इनकी घिग्घी बंध गई थी।
और दादा ने पूरी घटना विस्तार से सुना दी।
य... यह झूठ बोलता है साहब।
चुप। तुमसे इस बारे में बाद में बात होगी।
अच्छा दादा, कुछ बता सकते हो कि खूंखारसिंह कहां गया होगा?
हमें कुछ पता नहीं साहब। वैसे वह पिछली गली के एक मकान में रहता है। शायद अपने घर ही गया हो।
चलो, उसके घर पर छापा मारना होगा।
खूंखारसिंह के मकान को घेर लिया गया।
तुम भीतर जाकर देखो हवलदार बहादुर।
म... म... मैं...?
यह बकरी की तरह मैं-मैं क्या कर रहे हो? जाकर देखो...।
यह खुद क्यों नहीं जाता देखने? इंस्पेक्टर तो यह है। मुझे मरवाएगा।
ठ... ठीक है। जाता हूं।
हवलदार बहादुर दरवाजे पर पहुंचे।
खट... खट...
खूंखार भइया... जरा बाहर तो आओ।
ही... ही... ही! उसे धोखा देने के लिए भइया कह रहा हूं जी!

भीतर से कोई उत्तर नहीं मिला था।
दरवाजा तोड़ दो।
म... मैं... आप ही तोड़ दीजिए साहब!
खड़गसिंह ने उन्हें घूरकर देखा और फिर दूसरे सिपाहियों को दरवाजा तोड़ने का आदेश दिया।
शीघ्र ही-
जल्दी देखो, भागने न पाए।
धाड़
यहां तो कोई नहीं है।
वह खिड़की खुली है साहब! शायद वह हमें देखकर फरार हुआ है।
ज्यादा दूर नहीं गया होगा। पीछा करते हैं उसका।
हवालात में बंद करके सड़ा देंगे साले को।
पूरे क्षेत्र में खूंखारसिंह की तलाश शुरू हो गई।
तुम ऊपर जाओ...
...और तुम उधर देखो।
और मैं आपके साथ रहूंगा साहब!
तभी—
इंस्पेक्टर साहब! मैंने खूंखारसिंह को कब्रिस्तान की ओर भागकर जाते देखा है। उधर घना जंगल भी है। वहीं छुपने गया होगा।
अच्छा...!

ड़गासिंह हवलदार बहादुर और दो सिपाहियों
 साथ कब्रिस्तान की ओर रवाना हुआ।
ह अवश्य ही कब्रिस्तान पीछे जंगल में गया होगा। तुम दोनों कब्रिस्तान से होते हुए जंगल में पहुंचो...
... और मैं दूसरी तरफ से घूमकर आता हूं।
और मैं साहब?
कब्रिस्तान
तुम उस तरफ से जंगल में पहुंचो। हमें चारों तरफ से घेराबंदी करनी है।
ठीक है साहब! मैं उधर से जाता हूं। अगर खूंखार सिंह मिल गया तो इस डंडे से सिर फोड़ दूंगा साले का।
ेकिन कब्रिस्तान पीछे फैले घने जंगल में प्रवेश करते ही हवलदार की हवा खराब हो गई।
ब... बाप रे! यहां तो जानवर भी हो सकते हैं।
भी–
झाड़ियां हिल रही हैं। श... शेर!
सर्र...सर्र
वह पलटकर भागना ही चाहते थे कि झाड़ियों में किसी के खांसने की आवाज उभरी–
आंय!
खों... खों...
यह तो कोई बंदा खांस रहा है। जरूर कोई चोर यहां छुपा हुआ है।
कौन है बे वहां? सामने आ जा, वरना डंडे से ठोक दूंगा।

वह जैसे ही निकट पहुंचे–
हा... हा... हा!
ख... खूं... खूं... खार...
मुझे पकड़ने आया है तू?
न... नहीं हुजूर! म... मैं तो जंगल में वह करने जा रहा था। ही... ही... ही...।
झूठ बोलता है साले। तेरा वह अब मैं यहीं निकाल देता हूं।
खटाक
अरे बाप रे, रामपुरी! म... मर जाऊंगा हुजूर!
अंतड़ियां बाहर कर दूंगा साले।
म... माफ कर दो साहब। मेरी बीवी विधवा हो जाएगी।
तभी–
यह क्या हो रहा है हवलदार?
ओह, साहब आ गए।
खूंखारसिंह ने तुरंत हवलदार को दबोच लिया।
वहीं रुक जाओ इंस्पेक्टर, वरना तुम्हारे हवलदार की मुंडी काट डालूंगा।
साहब! ब... बचाओ।

ुम कानून से च नहीं सकते ुंखारसिंह। वलदार को ोड़ दो।
स...साहब ठीक कह रहे हैं। छोड़ दो मुझे।
तुम मेरा रास्ता छोड़ दो इंस्पेक्टर!
नहीं। मैं तुम्हें गिरफ्तार करने आया हूं।
मुझे कोई गिरफ्तार नहीं कर सकता।
कहकर...
उसने हवलदार को खड़गसिंह पर धकेल दिया।
ओय, क्या करता है?
धाड़
क!
और पलटकर झाड़ियों में घुस गया।
धांय
क...क्या करते हैं साहब? मेरे लग जायेगी।
टो। तुम्हारे ारण वह चकर निकल ाया है।
म...मैंने क्या किया है साहब? गिरे आप खुद थे। ही...ही... ही!
शटअप! मैंने तुम्हें खूंखारसिंह के सामने हाथ जोड़कर गिड़गिड़ाते अपनी आंखों से देखा था। तुम्हें पुलिस वाला कहते हुए भी शर्म आती है।
क्या बात करते हैं साहब? मैं गिड़गिड़ा नहीं रहा था, बल्कि उसका चाकू छीनने के लिए नाटक कर रहा था, मगर आपने आकर गड़बड़ कर दी।

चुप। मैं तुम्हारे नाटक को अच्छी तरह समझता हूं। नाक कटवा दी है तुमने पुलिस डिपार्टमेंट की। मैं तुम्हारी रिपोर्ट ऊपर भेजूंगा। इस बार तुम्हें नौकरी से निकलवाकर ही मुझे चैन आएगा। दफा हो जाओ अब यहां से।
भगवान करे पेट फट जाए तेरा। मेरा दुश्मन बन गया है जालिम कहीं का।
हवलदार बहादुर मुंह लटकाए अपने घर पहुंचे।
आज इतनी जल्दी क्यों आ गए?
खड़गसिंह ने फिर सस्पेंड कर दिया है मुझे...।
इस मुंडी कटे खड़गसिंह को तुमसे क्या दुश्मनी है? महीने में दो बार सस्पेंड करता है। सत्यानाश हो जाए उसका।
और कोस भाग्यवान। इस बार तो उसने नौकरी से निकलवाने की धमकी दी है।
बाप का राज है उसके। नौकरी से कैसे निकाल देगा?
निकलवा सकता है भाग्यवान! वह अफसर है।
तभी-
राम-राम बहन! ओह, आज तो भाई साहब भी घर पर ही हैं।
राम-राम ऊषा बहन, आओ।
नमस्ते!
ऊषा उसके पड़ोस में रहती थी।

किसे कोस रहे थे आप दोनों मिलकर?
इनके अफसर को। मुआ इनका दुश्मन बना हुआ है। आए दिन सस्पेंड कर देता है।
अफसर सारे एक जैसे ही होते हैं। मेरे उनका जो अफसर था, वह भी बहुत खराब था। लेकिन अब तो "मार-फटकार बाबा" की कृपा से वह बिल्कुल सीधा हो गया है।
मार-फटकार बाबा! ही... ही... ही!
यह कौन है ऊषा?
बहुत पहुंचे हुए आदमी हैं। तांत्रिक भी हैं। जिससे खुश हो जाते हैं, उसकी सारी विपदाएं दूर हो जाती हैं।
सच! फिर तो हमें भी उनसे मिलवा दो।
मैं उनका पता बता देती हूं। भाई साहब खुद जाकर मिल लेंगे, मगर एक बात याद रखने की है। बाबा को हाथ चलाने की आदत है। अपने भक्तों को लातों-घूंसों से मारते हैं। इसलिए उनका नाम मार-फटकार बाबा पड़ा है, लेकिन जो उनकी मार-फटकार सह लेता है, उसके बिगड़े काम बन जाते हैं।
अरे! मार-फटकार से कोई फर्क नहीं पड़ेगा। इनके साथ तो रोज ही यह होता है।

हांजी ! अगर वह करामाती बाबा हैं तो मैं मार-फटकार भी सह लूंगा।
तो आप उनके पास चले जाइए। गंदे नाले के किनारे पीपल का जो पुराना पेड़ है, उसके नीचे ही बाबा बैठते हैं।
शाम को हवलदार बहादुर मार फटकार बाबा से मिलने पहुंच गए।
आंय! यह तो तांत्रिक कम और जोकर ज्यादा लगता है। ही... ही... ही...!
प्रणाम बाबा!
कौन उल्लू का पट्ठा है? लात मार दूंगा।
ही... ही... ही ! मैंने बुरा नहीं माना बाबा! महापुरुषों का वचन है कि अगर कोई तुम्हारे गाल पर एक थप्पड़ मारे तो तुम दूसरा भी उसके सामने कर दो। यह लीजिए। ही... ही... ही!
फटकार लगा रहे हैं। ही... ही... ही!
मैं आपका भक्त हूं बाबा... हवलदार बहादुर।
उ... ई... ई!
तड़ाक

ढिशुम
मर गया।
ाबा ने ताककर नाक पर घूंसा मारा था।
मार-मारकर भुरकस निकाल दूंगा तेरा। मेरी पूजा में वह डाल दिया। क्या कहते हैं उसे... अबे बोल...।
वि... विघ्न।
हां, यही डाला है ूने। तू आदमी नहीं है, जंगली सुअर ै। गंदी आत्मा है...।
आप जो कहते हैं, मैं वही हूं और जो नहीं कहते, वह भी हूं। बस, मुझ पर अपनी कृपा कर दीजिए।
ले फिर...।
धाड़
अरे... अरे... ही... ही... ही!
ार-फटकार बाबा ने हवलदार बहादुर का हुलिया बिगाड़ दिया।
आह! मार डाला बाबा... उफ...।
उल्लू का पट्ठा
ही... ही... ही! मैं आपकी किसी भी बात का बुरा नहीं मानूंगा बाबा।
अबे ओ ऊत के पूत। क्या चाहता है तू?

आपकी कृपा बाबा! एक पाखंडी इंसान ने मेरा जीना मुश्किल कर रखा है। मुझे उससे बचा लीजिए।
कौन है वह?
हवलदार ने खड़गसिंह के विषय में बताया।
अच्छा, तू अपने अफसर से दुखी है गंदे कीड़े। ठीक है, मैं तेरी सहायता करूंगा, मगर कुछ दक्षिणा लाया है। पांच सौ एक रुपये से कम नहीं लेता मैं।
ल... लाया हू जी!
ऊबा ने पहले ही बता दिया था, इसलिए वह रुपये साथ लाए थे।
रुपये लेकर बाबा ने अपने बिछौने के नीचे रखे और फिर वहीं से एक अंडा निकाला।
ले यह अंडा!
अंडा... ही... ही... ही! अपने नीचे से निकाला है बाबा?
बाबा ने उल्टा हाथ रसीद किया।
मज़ाक करता है हमसे...।
तड़ाक
न... नहीं।
तो फिर सुन, काली मुर्गी ने अमावस की रात में श्मशान के बीच लगे बरगद के पेड़ के नीचे बैठकर यह अंडा दिया था। पेड़ पर रहने वाली प्रेतात्मा इस अंडे में बंद है। तू इसे ले जा।
क्या खड़गसिंह को इसका आमलेट खिलाना होगा बाबा?

ीच में मत बोल सड़े टिंडे। ध्यान से ुन, कल भी अमावस की रात है। तू यह ंडा लेकर कब्रिस्तान चला जाइयो और हां किसी पुरानी कब्र में इस अंडे को बा दीजियो। आधी रात के समय ाना होगा।
अ... आधी रात... कब्रिस्तान... प... पुरानी कब्र...।
डर मत पागल के बच्चे। इस अंडे में बंद आत्म तेरी रक्षा करेगी। कब्रिस्तान में तुझे डर नहीं लगेगा। अगर तूने यह अंडा पुरानी कब्र में दबा दिया तो तेरा अफसर हमेशा तेरे सामने सिर झुकाए रहेगा।
ठ... ठीक है बाबा!
एक बात और याद रखियो। कब्रिस्तान अकेले ही जाना होगा। और कल तक इस अंडे की हिफाजत करनी होगी, अगर यह टूट गया तो प्रेतात्मा आजाद हो जाएगी और तेरी ही गरदन तोड़ डालेगी। अब दफा हो जा यहां से।
अ... अच्छा जी!
हवलदार के जाने के बाद–
ही... ही... ही। बड़ा मूर्ख था। पांच सौ एक देकर नब्बे पैसे का अंडा ले गया। बस, रोज एक ऐसा मूर्ख फंसता रहे तो अपन को दारू और तंदूरी मुर्गे की कमी न रहे।

उधर-
ले पकड़ यह अंडा!
शर्म नहीं आई एक अंडा लाते हुए। अकेले खाओगे क्या?
बकवास न कर। यह अंडा मार-फटकार बाबा ने बहुत मुश्किल से दिया है।
ही...ही... ही! बाबा ने दिया है अंडा।
अगर बाबा यहां होते तो तेरी ही...ही...ही बंद कर देते। देख कितना मारा है मुझे, आंख भी नीली हो गई है।
आंख को मारो गोली। यह बताओ, बाबा ने कहा क्या?
हवलदार ने बाबा से भेंट का हाल सुनाया और अंत में कहा—
मगर मैं कब्रिस्तान नहीं जाऊंगा। डर लगता है।
पगला गए हो क्या? जब बाबा का अंडा साथ होगा तो डर कैसा? कुछ नहीं होगा तुम्हें।
अगली रात ग्यारह बजे के करीब हवलदार बहादुर डर से कांपते हुए कब्रिस्तान के निकट पहुंचे।
अरे बाप रे...कितना भयानक दृश्य है।
बाबा ने कहा था, यह अंडा मेरी रक्षा करेगा। इसे हाथ में लेकर कब्रिस्तान में घुसता हूं।

दीवार फांदकर वह अंदर पहुंचे।
चीं...चीं... चीं...
रक्षा करना राम जी! बड़ी भयानक आवाजें हैं।
सई... सई...सई
इतना अंधेरा है, पुरानी कब्र कैसे तलाश करूं?
अचानक
आ... ई... ई!
क...क्या बला थी यह? भागा लूं!
ओह!
थोड़ा संभलने पर-
य...यह तो पुरानी कब्र है। यहीं दबा देता हूं अंडा।

तभी–
स्वट... सपर.. सपर
हे भगवान! यह आवाज़ कैसी है, जैसे कोई चल रहा है।
म... भूत होगा।
वह उठकर भागे...
...और निकट खड़े पेड़ के पीछे जा छुपे।
भ...भूत!
बू...हू...हू! अब क्या करूं...यह तो कोई मुर्दा कब्र से उठकर आ रहा है... मेरी रक्षा करना अंडेजी।
आंय! यह तो कब्र में घुस रहा है।
कुछ क्षण बाद भूत खड़ा हो गया और पेड़ की ओर बढ़ा।
इ... इधर आ रहा है।

घबराकर उन्होंने उसे अंडा ही फेंककर मार दिया।
फटाक
उफ!
फिर नीचे से एक पत्थर उठाकर मारा।
आ... ई... ई...!
ताड़
दोनों चौकीदार निकट आए तो लालटेन का प्रकाश नीचे गिरी हुई छाया पर पड़ा।
आंय! भूत मर गया।
कौन है भाई?
ये कौन हैं?
ओह! यह कौन है?
बेहोश है। सिर से खून भी निकल रहा है।
अरे! यह तो खूंखारसिंह है। कब्रिस्तान में क्या करने आया था?
खूंखारसिंह बेहोश पड़ा था इसलिए हवलदार ऐंठते हुए बाहर निकल आए।
ओय, हट जाओ उसके पास से।
प... प... पुलिस!
अ... आपने मारा है इसे?
हां, यह बहुत भयानक बदमाश है।
ओह! यह बॉक्स कैसा है?
फिर हवलदार ने उस बॉक्स को उठा लिया।
ोर सुनकर कब्रिस्तान में काम रने वाले चौकीदार उधर आ नेकले थे।

उन्होंने बॉक्स खोला।
हीरे! अब समझा, खूंखारसिंह ने हीरों का यह बॉक्स इस पुरानी कब्र में छुपाकर रख दिया था। अब यह हीरे निकालने आया था, मगर मैंने भूत के धोखे में पीट दिया साले को। ही... ही... ही!
ओय, तुम दोनों जरा कानून की मदद करो। इस बदमाश को मेरे साथ मिलकर थाने ले चलो।
अच्छा जी!
चलिए!
खड़गासिंह नाइट ड्यूटी पर था। हवलदार ने दफ्तर में जाकर उसके सामने हीरों का बॉक्स रख दिया।
सर! यह वह हीरे हैं और इनको चुराने वाला कातिल और बदमाश बाहर बेहोश पड़ा है। हम उसे पकड़ लाए हैं। आप चलकर देख लीजिए।
त... तुम खूंखारसिंह को पकड़ लाए हो?
ही... ही... ही! पाठको! कितना हैरान हो रहा है यह? हैरान तो आज हम भी हैं। बाबा का अंडा सचमुच चमत्कारी था। अब खड़गासिंह का मुंह बंद हो जाएगा और हमारी बहादुरी का रोब भी इस पर पड़ेगा। वैसे सच्चाई क्या है, आप लोग तो जानते ही हैं। ही... ही... ही!
अगला आकर्षण
हवलदार बहादुर
और जाली नोटों के व्यापारी
अपनी प्रति आज ही सुरक्षित करा लें.....

चम्पाकली को एक दिन अपने आंगन में एक बच्चा मिला। वह उसे भीतर ले आई—

क्यों पाठको, पहचाना कौन है चम्पाकली की गोद में? अगर नहीं, तो हम बताते हैं। यह हैं आपके प्रिय हवलदार बहादुर। क्यों, हो गए न हैरान? कैसे हुआ यह? जानने के लिए पढ़ें 'कीप साइलेंस' का उल्लंघन करता और हास्य की सभी सीमाओं को तोड़ता हुआ विशेषांक—

हवलदार बहादुर और डा. सूपड़ा

पहचानिए—हवलदार बहादुर के कॉमिक्स के खलनायकों को

www.ingramcontent.com/pod-product-compliance
Lightning Source LLC
LaVergne TN
LVHW051011051026
849532LV00005B/1914
* 9 7 8 9 3 9 1 4 6 0 0 4 4 *